AF240290

LETTRE

A M. L'ABBE' DE LA M....

SUR LES DÉBUTS

DU Sr. FROMENTIN

AU THÉATRE FRANÇOIS.

M. D. C. C. LXV.

LETTRE

A M. L'ABBE' DE LA M.....

SUR LES DÉBUTS

DU Sr. FROMENTIN

AU THÉATRE FRANÇOIS.

MONSIEUR,

ES débuts des nouveaux Acteurs qui se présentent au Théâtre François, n'attirent jamais plus de concours, que quand la disette des talens s'y fait évidemment sentir; & vous n'êtes pas à remarquer combien elle

A

est sensible aujourd'hui. Le goût des Opéra-Comiques ou Bouffons, & des Pieces à Ariettes, a presque éteint, dans les Provinces, (dont les Troupes font autant d'Ecoles pour les Théâtres de Paris) le germe des talens du grand genre, qui font ceux de l'Action Tragique & du Comique noble.

Le Début d'un Acteur en ce genre, doit donc intéresser autant, ou même plus à certains égards, que beaucoup de Nouveautés Dramatiques. Le Public, au moins, est ici flaté par un sentiment supérieur à celui qui l'amene aux Pieces nouvelles, puisqu'on lui défere le choix des Sujets destinés à lui reproduire ce qui fait ses plus chers amusemens, & que ce font ses feuls suffrages qui font admettre ou rejetter ces Sujets. Depuis deux mois, le Public a joui plusieurs fois de ce Spectacle, & a eu lieu d'exercer ses droits.

Le plus brillant des derniers Débuts, ou celui que les circonſtances ont rendu le plus intéreſſant, eſt le Début du ſieur *Fromentin*, jeune homme qui n'a pas dix-ſept ans [1], & qui eſt le fils du ſieur *Blainville*, Comédien ordinaire du Roi.

Je vous ai promis, MONSIEUR, de vous rendre un compte fidele des Débuts de ce jeune Acteur, & de l'accueil qui lui ſeroit fait. Vous l'auriez mieux vu, mieux jugé vous-même, ſans l'accident de votre goûte; mais il faut remplir mon engagement. Voici l'ordre des Repréſentations.

Le Mercredi 23 Janvier, il joua pour la premiere fois le principal Rôle dans la Tragédie d'*Alzire*, celui de *Zamore*, qu'il continua le Samedi 26. Le Lundi 28, il fit, dans la Tragédie

---

[1] Suivant des informations ſûres, il a eu, le 5 de ce mois, ſeize ans huit mois juſte, étant né le 5 Juin 1748, à Paris, ſous la Paroiſſe de Saint-Sauveur.

d'*Iphigénie en Aulide*, le Rôle d'*Achille*, qu'il reprit le Mercredi 30. Le Jeudi 31, il joua à la Cour, devant le Roi, le Rôle de *Zamore*. Le Lundi 4 Février, il joua dans la Tragédie de *Zaïre*, le Rôle d'*Orofmane*; & le Mercredi fuivant, 6 du mois, il termina fes Débuts par le même Rôle.

Vous imagineriez-vous, MONSIEUR, qu'un Débutant de feize ans & demi, avec des difpofitions extraordinaires, & une figure telle qu'on pourroit la defirer dans tous les Acteurs, pût infpirer d'autres fentimens que de l'intérêt & de l'indulgence, qu'on pût même faire autre chofe que de l'encourager par tous les moyens poffibles? Je vais donc bien vous étonner!

Tous ceux qui ont voulu s'en appercevoir, ont vu, comme moi, qu'il y avoit contre lui la plus forte cabale, & ce qu'il y a de plus honteux, cabale formée par ceux mêmes qui, pour leurs propres intérêts, ou pour l'intérêt commun de leur corps, devoient le plus favoriser ses succès. C'est du sein des foyers que le Serpent de l'envie s'est élancé dans le Partere, & qu'il a même parcouru quelques autres parties de la Salle. On a remarqué toutes ses manœuvres, on sçait où il s'est formé, d'où il est parti; & si le mépris le plus profond n'étoit la plus sûre vengeance de la bassesse inséparable de la médiocrité ou des faux talens, il suffiroit de nommer les Auteurs de cette cabale, pour les couvrir de confusion. Mais vous allez voir ce qu'elle a produit.

On a prétendu juger un jeune homme, presque formé jusqu'à présent par la Nature seule [1], avec plus de rigueur qu'un vieux Débutant qui auroit roulé pendant vingt ans en Province.

____

[1] J'apprends qu'il est Éleve du sieur Dubois.

On a d'abord cherché, dans fa figure, tous les défauts qu'on defiroit y trouver, & ce premier avantage qu'il a vifiblement fur les trois quarts de nos Comédiens actuels, a été livré aux plus malignes recherches des femmes de la faction comique. On a enfuite épluché fon gefte, fes bras, fon maintien, fon action, fon vifage, & tous les tons de fa voix. On a porté l'imbécillité, le ridicule & l'injuftice, jufqu'à vouloir que ce jeune homme, montant pour la premiere fois fur les planches, à un âge où les plus petits talens, foupçonnés à peine, avant d'être éclos, font bien accueillis, eût l'expérience & toutes les parties qu'ont très-peu de nos Acteurs émérites, ce qui git en fait. Mais laiffons l'Envie mordre fes couleuvres, & frémir inutilement à l'évidence des talens qu'elle eft forcée de reconnoître: revenons aux Débuts.

A la premiere Repréfentation d'*Al-*

ζire, la timidité dont les hommes faits les plus exercés ne font pas exempts, & fur laquelle on a eu foin, dans un des Mercures de Janvier, de rejetter le foible fuccès d'un des derniers Débutans [1], auroit dû faire un terrible effet fur le jeune Acteur : cependant elle ne fut fenfible qu'au commencement du fecond Acte, où elle avoit un peu éteint fa voix, & réfroidi ou rallenti fon action. Mais, je pourrois en attefter tous les Spectateurs attentifs, cette inévitable timidité n'altéra point fes inflexions vraies & naturelles : il ne fit pas un feul contre-fens de déclamation, & la plus grande vérité fe foutint jufqu'à la fin de la Piece. Il faut convenir qu'il fut très-bien fecondé par Mlle *Clairon*, qui, dans le Rôle d'*Alzire*, mit la plus grande précifion, & toutes les nuances du fentiment. Il eût

---

[1] Le Sieur Marfant.

ce jour là, pour Spectatrices, deux Juges des talens qu'on ne fçauroit recuser, & dont le seul jugement pourroit dispenser de compter les suffrages, Mlle. *Dangeville* & Mlle. *Dumesnil.* Elles l'écoutoient avec trop d'attention, pour l'entendre sans intérêt.

Ce premier Début fit porter divers jugemens de l'Acteur, & aucun de ces jugemens ne pouvoit être, ni raisonnable, ni juste ; car comment pouvoir décider de toute l'étendue d'un talent qui se produit pour la première fois ? On lui reprochoit d'être froid, d'avoir peu ou point d'action, sur-tout point de bras, & d'avoir manqué tout le jeu muet.

Dans un Comédien fait & qui ne pourroit rien acquérir, [combien en connoissons-nous, vous & moi, à qui tout cela manque sans ressource, ou qui ont les défauts contraires !] une figure comme celle du jeune homme, un corps de voix auſſi net, mais qui ne feroit pas attendre tout ce que la ſienne promet, autant d'intelligence de l'enſemble de la Scêne, enfin une déclamation variée, touchante & de la plus grande juſteſſe, auroient fait paſſer ſur-tout le reſte.

Ce n'eſt pas ainſi qu'on a traité le jeune Acteur. Il a reçu des applaudiſſemens, parce qu'il en méritoit, & qu'il eſt de l'intérêt public d'applaudir des talens naiſſans, encore plus que des talens formés qui n'ont plus beſoin d'encouragement. Mais excepté quelques bons Juges (que j'en crois bien plus que la Tourbe), on n'a pas voulu démêler dans ce qu'on appelloit. *Froideur*, le plus beau naturel du monde, parce qu'il eſt étranger en effet pour la plûpart des Spectateurs qui voient aujourd'hui les preſtiges de l'Art ſubſtitués preſque par-tout aux tons ſimples & aux mouvemens vrais de la Nature.

Des gens furent même aſſez injuſtes pour fermer volontairement les yeux ſur tout ce qu'il montroit d'entrailles; & au lieu de lui tenir compte de la ſageſſe de ſon action, parce qu'elle n'étoit pas de ſon âge, ils oſerent l'acſer d'avoir l'ame froide.

Soit qu'on l'eût averti de ce reproche, ſoit plus vraiſemblablement qu'après le premier pas fait, il eût moins de timidité, à la ſeconde Repréſentation d'*Alzire*, il mit, dans le Rôle de *Zamore*, autant de chaleur que d'intérêt, & parut très-ſupérieur à lui-même.

On l'attendoit au Rôle d'*Achille*; & ſes envieux, ou les ennemis du bien (qui croient toujours y voir leur mal) annonçoient ſourdement ſa chûte. Mais deux pas faits dans la carriere l'avoient déja fort avancé. Le jeune Acteur tâta d'abord le Théâtre, & par trop de ſageſſe encore, il parut être un peu reſté en deçà du caractere bouillant qu’il avoit à repréſenter. Cependant il ne manqua rien d’eſſentiel : il fit tout valoir, & il ſe tira fort heureuſement des endroits même les plus ingrats pour la déclamation naturelle, qui n’a pas la reſſource des cris.

La ſeconde Repréſentation d’*Achille* eut le ſeul aſſaiſonnement qui pouvoit y manquer la premiere fois, je veux dire un peu plus de feu, & par conſéquent développa beaucoup mieux l’Acteur. Il rendit ſur-tout en Maître les dernieres Scênes du troiſieme Acte, & la belle Scêne du quatrieme, entre *Agamemnon* & *Achille*. Ce fut là qu’il ſçut graduer & mêler ſucceſſivement, avec une intelligence rare, le flegme, la chaleur & la plus noble fierté. Ce Vers heureux du troiſieme Acte : *Cet Oracle eſt plus ſûr que celui de Calchas*, fut prononcé d’une maniere neuve, non du ton de la forfanterie, mais avec la mâle aſſurance & le ton ſimple de l’héroïſme. On le lui rendit, dès le jour même, dans des Vers qui lui furent remis cachetés pendant la petite Piece, & que j'ai tranfcris pour vous fur une de ces Copies qui courent apparemment dans les Caffés :

> Enfant gâté de Melpomene,
> Pourfuis, ne te ralentis pas ;
> En toi nous reverrons, & Baron, & du Frefne :
> CET ORACLE EST PLUS SÛR QUE CELUI DE CALCHAS.

Quatre Débuts, où le plus grand concours s'étoit foutenu conftament & avoit produit de fortes recettes, auroient dû réconcilier notre Acteur avec la Caballe comique ; mais la maniere dont il avoit exécuté le Rôle d'*Achille*, où l'on comptoit le voir échouer, fit craindre pour le fuccès d'Orofmane.

On tenta d'abord de le dégoûter de ce Rôle, dont on lui repréfentoit les difficultés. Le fieur le Kain, lui difoit-on, s'étoit trouvé plus d'une fois hors d'état de l'achever. Comment pourroit-il soutenir un Rôle qui supposoit un homme au moins de trente ans, & qui demandoit des poumons, qu'on ne pouvoit attendre en effet d'un homme de dix-sept? Le jeune Acteur, aussi courageux que sûr de ses forces, avoit passé le Rubicon : il ne voulut pas reculer. La Caballe s'arma donc de nouveau, pour tâcher de le faire succomber.

La premiere Représentation de *Zaïre* fut cependant assez tranquille, à quelque rumeur près excitée dans le Parterre par un homme qui payoit sa place à ses Commettans, en frondant le jeune Acteur *ab hoc & ab hac*. Celui-ci mit, dans son Rôle d'Orosmane, le jeu naturel des passions, les mouvemens intérieurs, les vrais tons de l'ame, & tout ce qu'on pouvoit attendre de l'Acteur le plus consommé. On crut encore le trouver froid, parce qu'il étoit dans la nature. On auroit voulu qu'il eût joué comme un furieux, comme un forcené, le Rôle d'un jaloux fombre & diffimulé, auquel il faut principalement conferver de la dignité par-tout, tant parce que c'eft un Souverain, que parce que, dans fa jaloufie, c'eft un Amant très-délicat. Il fut applaudi, mais fort fobrement. Les applaudiffemens du Partere furent prodigués à Nereftan, Perfonnage fubordonné. La feule vue de ce Nereftan, ce jour là, fit une fenfation fi finguliere, qu'il fut applaudi de la Cantonade avant que d'avoir dit un feul mot, comme on applaudit les grands Acteurs d'une fupériorité reconnue.

La feconde repréfentation de Zaïre, qui a couronné le Début du fieur Fromentin, a développé complettement tout ce qu'il eft dès à préfent, tout ce qu'il deviendra. J'ai vu jouer plufieurs fois le Rôle d'*Orofmane* par de grands
Maîtres

Maîtres & par de vieux Comédiens:
mais, je le dirois à la face du Public, fi
quelques Acteurs y ont jetté plus de
force, c'eft-à-dire, ont plus chargé le
tableau, aucun d'eux n'y a jamais mis
plus d'ame, plus de vérité, plus d'intelligence & plus de nobleffe. On ne
peut rien ajouter à la précifion dont le
premier Acte fut joué, à la façon dont
les caracteres de l'amour, de la jaloufie, de la diffimulation & de la fureur
furent variés & reffentis dans le quatrieme, ni au pathétique touchant qu'il
répandit dans tout le cinquieme. Après
en avoir été témoin, je ne conçois pas
encore comment un jeune homme de
cet âge a pu foutenir jufqu'au bout, &
avec autant de fuccès, un Rôle auffi
pénible, auffi fatiguant, auffi difficile
à tous égards que l'eft tout ce Rôle
d'*Orofmane*, l'un des plus forts du Théâtre. Sa voix, à la fin du cinquieme
Acte, loin d'être épuifée, fembloit

B

s'être encore nourrie. Je ne me fuis point apperçu dans toute l'étendue de ce long Rôle, d'un feul endroit qu'il ait rendu foiblement; mais j'ai très-bien remarqué, qu'il donnoit par-tout le vrai ton & la touche propre du fen-timent qu'il exprimoit. Il a fait voir enfin qu'on pouvoit jouer Orofmane, fans crier & fans perdre haleine; qu'on pouvoit rendre toute l'énergie de ce Rôle intéreffant, par d'autres moyens, que par une action violente, des con-torfions, une voix forcée, &c. &c. &c.

Il faut vous dire une circonftance qui fait également honneur & au fieur le Kain, & au jeune Sujet. Le fieur Dubois, qui avoit fait le Rôle de Châ-tillon à la premiere repréfentation de la Piece, fe trouvant, par un rhume, hors d'état de jouer à la reprife, on étoit embaraffé de remplir ce vuide. Le fieur le Kain eut la complaifance, ou plutôt la générofité de defcendre jufqu'à vouloir bien fe charger de ce Rôle fubalterne. De fon côté, le jeune Acteur eut le courage, la confiance, ou la noble audace (choififfez le terme) de ne pas craindre le parallele, & de marcher à côté de fon Maître : il ofa même, en fa préfence, partager les applaudiffe-mens. Des Obfervateurs plus malins que moi ont interprêté tout autrement la démarche du fieur le Kain. Mais pourquoi lui ôter le mérite d'une belle action ? Je prétends moi qu'il n'a cherché qu'à faire valoir le jeune homme.

On va maintenant juger notre Acteur en pleine connoiffance de caufe. Mais quelqu'idée qu'on vous en donne, Monsieur, il faudra toujours reconnoître qu'il a tout joué d'original, que fon exécution eft à lui, & qu'il ne copie perfonne, mérite affez rare.

Au refte, vous fçavez mieux que moi combien, dans tous les jugemens humains, il fe mêle de petits intérêts,

de vues cachées, & d'autres motifs
fort éloignés des dispositions qui font
discerner nettement le vrai; combien
d'ailleurs il est peu de gens capables
de sentir la nature. Vous sçavez encore
que les trois quarts des hommes, même ceux qui parlent le plus haut,
n'ont point d'opinion à eux, qu'ils ne
font que les échos des autres, qu'enfin
peu de gens, même parmi les Con-
noisseurs, ou soi-disant tels, appor-
tent au Spectacle ce coup d'œil juste, cette oreille sûre, *purgatam aurem*,
qui font les bons Juges en cette ma-
tiere; ainsi l'on doit s'attendre à bien
des jugemens disparates.

Je suis sur-tout curieux de voir ceux
qu'en porteront les Journaux, pour
examiner avec vous ce qui paroîtra pro-
céder d'une connoissance réfléchie, de
l'amour de la vérité, d'un pur esprit de
justice; & ce qui aura été dicté par la
prévention, par l'intérêt de parti, par

cet esprit de souplesse qui prétend tout concilier, en ne présentant rien de net, en dénaturant toutes les idées, en cherchant toujours à s'envelopper dans une profusion de mots qui disent & ne disent pas, &c. &c. &c.

On a fait une objection au sujet du nouvel Acteur. On a demandé pourquoi, vu sa grande jeunesse, il débutoit par des Rôles de la plus grande force ? Quelqu'un a répondu pour lui : C'est parce que se destinant au plus grand genre du Théâtre auquel il se sent appellé, il veut s'y former de bonne heure; c'est parce qu'il s'est senti capable de les rendre, comme l'événement l'a justifié ; c'est encore pour vérifier la maxime : *Que qui fait le plus, peut faire le moins.*

Le défaut le plus marqué que l'on trouve au nouvel Acteur, est donc la jeunesse ? Précieux défaut toujours envié de tous ceux qui le reprochent! Mais les gens de mauvaise humeur, qui ne fçauroient digérer qu'on entreprenne à cet âge de toucher leur fenfibilité naturelle, de leur arracher quelques larmes, de leur caufer de l'émotion, n'ont donc jamais vu de talens précoces ? Eft-ce la faute du jeune Acteur, fi l'impulfion de la Nature s'eft trouvée plus forte chez lui, que toutes les raifons qui pouvoient la combattre ? Sont-ils d'ailleurs plus clairs-voyans que les Supérieurs éclairés qui ont démêlé fes talens, dont les bontés les ont fait éclore, qui les ont enfuite encouragés, & qui ne les ont pas laiffé produire, fans connoître la portée du Sujet. Car vous jugez bien, Monsieur, que le Début d'un Acteur fi jeune, dans les plus grands Rôles du Théâtre, n'a point été réfolu fur ces lueurs paffageres qui font fi fouvent illufion, ni accordé à la prévention de ceux qu'elles auroient pu tromper. Les Perfonnes refpectables qui préſident à la direction du Théâtre, ont des yeux pour voir par eux-mêmes, & ſont apparamment les premiers Juges.

Après tout, ceux qui louent le plus modeſtement le jeune Acteur, ont la bonté de lui trouver de l'*Etoffe*; mais ils ne penſent pas, ſans doute, que c'eſt en faire le plus grand éloge. Car que manque-t-il au Théâtre ſur lequel il vient de s'eſſayer? Ce n'eſt pas aſſurément la façon, mais le fond même des talens dans le genre, pour lequel il ſe préſente. C'eſt l'*Etoffe* préciſément qui manque, & j'en ai marqué la raiſon au commencement de ma Lettre. Je ne crains, pour lui, que l'altération de cette bonne & franche étoffe. Je ſçais qu'elle ne ſuffit pas ſeule, & qu'il faut l'apprêt du travail. Mais que ſon bon génie le préſerve de tous les conſeils inſidieux que l'on pourra lui donner, & de la conta-

gion du chant, du manieré, de l'art faux
qui s'inoculent affez d'eux - mêmes,
fans que perfonne s'en mêle; je ré-
ponds de lui. Il eft du moins en
état de dire, dès à préfent, comme
Philippe II : *Moi & le tems*, YO E EL
TEMPO.

J'ai l'honneur d'être, &c.

A Paris, le 7 Février 1765.

www.ingramcontent.com/pod-product-compliance
Lightning Source LLC
LaVergne TN
LVHW021446060726
842527LV00006B/2091